LES MARÉCHAUX

DE TESSÉ, DE VILLARS ET DE BERWICK

DANS

LES ALPES

(1707-1710)

PARIS

LIBRAIRIE MILITAIRE R. CHAPELOT ET Ce

IMPRIMEURS-ÉDITEURS

SUCCESSEURS DE L. BAUDOIN

30, Rue et Passage Dauphine, 30

1899

LES MARÉCHAUX

DE TESSÉ, DE VILLARS ET DE BERWICK

DANS

LES ALPES

(1707-1710)

PARIS

LIBRAIRIE MILITAIRE R. CHAPELOT et C

IMPRIMEURS-ÉDITEURS

SUCCESSEURS DE L. BAUDOIN

30, Rue et Passage Dauphine, 30

—

1899

LES

MARÉCHAUX DE TESSÉ, DE VILLARS ET DE BERWICK

DANS LES ALPES (1707-1710).

Du Bois de Fiennes, bailli de Givry, servit à la tête du régiment de La Marche sous les maréchaux de Tessé et de Villars, à la tête de la brigade de La Couronne sous le maréchal de Berwick, et comme lieutenant général sous le prince de Conti.

Il fut dangereusement blessé à l'assaut de la redoute de Bondormi, où il conduisit une des colonnes d'attaque.

Le bailli de Givry a laissé des notes manuscrites qui témoignent de la profonde connaissance qu'il avait des Alpes.

Nous en extrairons sa relation de la Guerre de la Succession d'Espagne de 1707 à 1710, ses critiques sur ces campagnes et ses observations sur l'importance des différents points occupés.

1.

En 1707, le maréchal de Tessé prend le commandement de l'armée des Alpes.

Arrivé à Briançon, le maréchal, aidé des conseils du maréchal de Catinat, qui avait été chargé en 1692 de la défense des mêmes vallées, organise ses secteurs et répartit ses bataillons en Tarentaise, en Maurienne, dans la Chisone, la vallée de Barcelonnette et le Var.

Les alliés forment trois camps à Ivrée, Turin et Demonte.

Les renseignements les plus contradictoires sont fournis au maréchal de Tessé sur les projets de l'ennemi.

Incertain, il n'ose dégarnir aucun point de sa ligne.

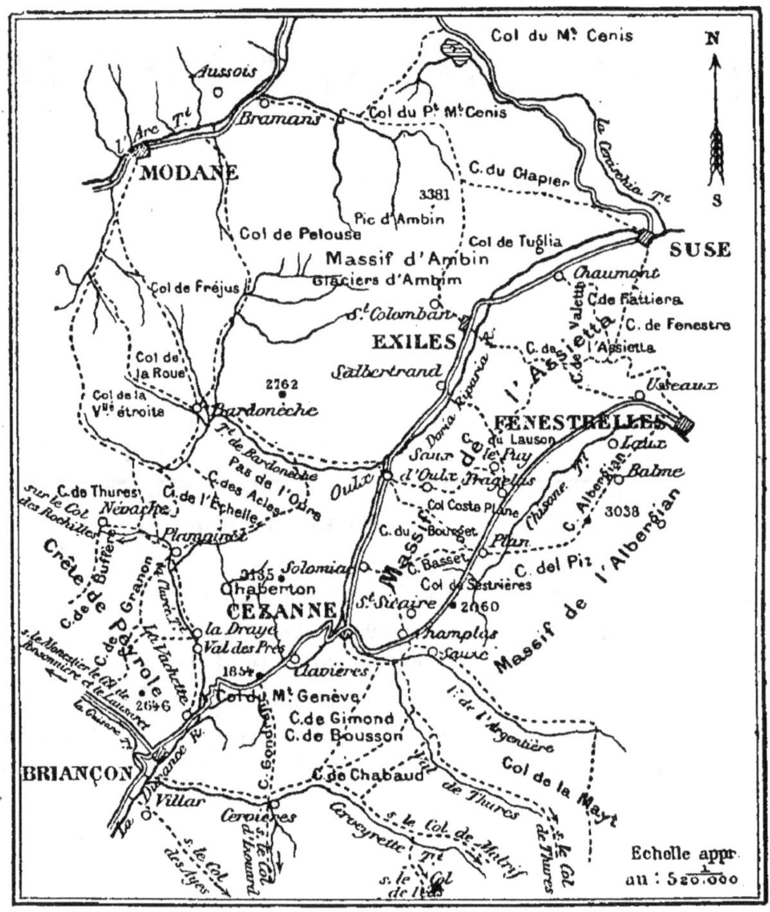

Insensiblement, les troupes d'Ivrée et de Turin gagnent Demonte et Coni.

Le 5 juillet, toute l'armée alliée, forte de 40,000 hommes, est réunie à Coni.

Le maréchal de Tessé, enfin certain de la marche du duc de Savoie sur Toulon, fait affluer sur cette place les bataillons de

Tarentaise, du Dauphiné et de Barcelonnette, *dégarnissant ainsi tous ses secteurs.*

Le marquis de Sailly, qui n'avait que neuf bataillons et quelques escadrons, est forcé d'abandonner la ligne du Var (11 juillet).

Les 28 et 30 juillet, le duc de Savoie attaque La Croix-de-Faron, s'en empare le 30 et n'est repoussé que le 15 août par le maréchal de Tessé.

Le 23 août, devant les forces imposantes rassemblées autour de Toulon, le duc de Savoie se décide à battre en retraite.

Le 1er septembre, protégé par une forte arrière-garde, il repasse le Var sans être poursuivi.

Son plan est de se porter à Coni et de là à Saluces et à Pignerol (17 septembre), pour atteindre Suze et Fenestrelles avant que le maréchal de Tessé ait pu réorganiser ses secteurs.

Pendant que le duc de Savoie fait une démonstration sur La Pérouse (26 septembre), pour y attirer le maréchal de Tessé, le prince Eugène marche sur Suze, ouvre la tranchée dans la nuit du 25 au 26, et canonne cette place le 27.

Le maréchal de Tessé, au lieu de se porter immédiatement au secours de Suze, par le *col de la Fenestre,* attend un renfort de quinze bataillons.

Cette place se rend le 18, ouvrant ainsi une porte sur le Dauphiné.

De Tessé se retire à Briançon, dont il organise défensivement les abords.

Le bailli de Givry critique ainsi ces opérations :

« Si M. de Tessé qui était informé que le dessein des alliés était de faire le siège de Toulon, au lieu de tenir un gros corps de troupes dans la Tarentaise et dans la Maurienne et toute sa cavalerie en Savoie, en laissant en Tarentaise deux bataillons seulement et un régiment de dragons pour se couvrir contre les courses que les alliés auraient pu faire par le val d'Aoste, *en ne laissant rien dans la Maurienne que Suze couvrait, il eût fait de cette place la gauche de sa ligne et aurait poussé ses troupes dans la vallée d'Oulx, dans celle du Guil et sur le Var.*

« *Les corps de la vallée d'Oulx auraient communiqué avec ceux du Queyras, par les cols d'Izouard, de la Mayt, d'Abriès et*

auraient donné la main à ceux du Var et de la vallée de Barce-
lonnette.

« Par ces dispositions, il aurait été en état d'arrêter les ennemis sur le Var et de les contraindre à s'en tenir au siège de Nice ou à celui de Monaco, ou enfin à prendre le parti de s'embarquer sur la flotte, s'ils avaient voulu persévérer dans leur dessein d'attaquer Toulon. »

II.

En 1708, le maréchal de Villars est placé à la tête de l'armée des Alpes.

Le Mis de Thouy est en Tarentaise, le comte de Médavi en Maurienne, le comte de Muret dans la Chisone, M. Le Guerchois dans la vallée de Barcelonnette, d'Artagnan à Nice, M. de Langeron à Toulon.

Tous les commandants de secteurs *croient qu'ils vont être attaqués et demandent du renfort.*

Le 20 juillet, le maréchal de Villars apprend que le duc de Savoie avait passé le mont Cenis, avec quarante bataillons d'infanterie et marchait contre le comte de Médavi.

L'artillerie de montagne et la cavalerie s'étaient portées d'Exilles sur le *col de Tuglia*, par Colomban, et avaient rejoint à Bramans.

Des démonstrations sont faites en même temps contre le Petit-Saint-Bernard et contre la place de La Pérouse.

Thouy et Médavi se retirent à Barraux ; Muret se retranche d'abord à Cézanne, puis à Briançon, où d'Artagnan ramène les bataillons du Var.

Le duc de Savoie attaque les postes de la Maurienne, s'avance jusqu'à Aiguebelle et retourne, par le *col de la Roue*, s'occuper du siège d'Exilles.

Le maréchal de Villars passe le Galibier, prend l'offensive le 10 août, s'empare de Cézanne, mais, le 16 août, La Pérouse se rend ; le 2 septembre, M. de Barrière, à qui l'on avait fait dire de faire sauter la place et de rejoindre à *la position de Laux*, se rend à son tour.

Villars est forcé de se retirer à Briançon.

D'après le bailli de Givry, le maréchal de Villars commit plusieurs fautes dans cette campagne :

« Possédant Exilles, il rassembla toutes ses troupes dans la vallée d'Oulx et de Bardonèche, ou du moins un corps considérable pour pouvoir donner la main à M. de Médavi, et prit le parti de marcher par le *col de la Roue,* lorsqu'il sut que le duc de Savoie passait le mont Cenis.

« *Si, au lieu de cela, il avait joué la navette par le col de la Roue dont il était le maître,* il est certain que le duc de Savoie n'aurait pu déposter M. de Médavi de son camp de Modane qui n'était pas tenable avec quatorze bataillons, mais le serait devenu avec vingt, que M. de Villars pouvait lui envoyer par le *col de la Roue.*

« Il ne restait de parti au duc de Savoie que de retourner dans la vallée de la Doria-Riparia ou de filer par la Vanoise et Bozel en Tarentaise.

« Le duc de Savoie, au lieu de cela, poussa M. de Médavi jusqu'à Aiguebelle et, revenant en arrière, força au *col de la Roue* le bataillon de Gatinais, ce qui n'aurait peut-être *pas eu lieu, si le col avait été occupé par deux bataillons ;* de là, poussant M. de Muret que l'on avait laissé dans la vallée d'Oulx, vint camper à Saint-Sicaire, avec treize bataillons, pour couvrir le siège d'Exilles, et *s'il ne fit pas celui de Briançon, c'est que, sur le rapport des gens de Valloire, il crut le Galibier impraticable,* bien que M. le maréchal de Villars marchant à sa suite vînt par là retomber sur cette place.

« C'est une faute que le prince aurait encore pu réparer, lorsqu'il était à Vachette, en attaquant le *col de Granon* qui était à sa portée et qui n'était pas mieux gardé que celui de *Buffer.*

« Je crois que ce prince, très grand général, n'osa pas se porter devant Briançon pour ne pas perdre l'occasion de se rendre maître d'Exilles et de Fenestrelles, dont il regardait la prise comme sûre, perdre du temps en faisant venir un canon et ses autres munitions de guerre, ce qui aurait donné à M. de Villars le temps d'arriver avec son armée, à l'approche de laquelle il se retira de La Vachette à Saint-Sicaire, d'où il couvrait son siège à son aise, avec le reste de son armée, n'ayant à ce camp que treize bataillons.

« La deuxième faute fut l'affaire de Cézanne.

« Lorsque le prince eut laissé le camp de la Vachette, le maréchal s'y avança avec toute l'armée, le 10 août.

« Tandis qu'elle prenait le pain, il monta sur le mont Genèvre, avec un détachement de grenadiers et de piquiers, s'avança par *le pas de la Coche* pour reconnaître la position de Saint-Sicaire, donnant l'ordre aux bataillons de marcher dès qu'ils auraient du pain.

« La disposition des ennemis ne pouvait être plus mauvaise qu'elle l'était, puisque, au lieu de s'en tenir à la partie de Cézanne, qui était du côté de la Doria Riparia, et de couper le pont, ils poussèrent des gardes jusqu'au pas de la Coche.

« M. de Villars fit attaquer ces gardes par le *pas de la Coche* et le chemin du col du mont Genèvre.

« Elles furent poussées si vivement, que l'on entra dans Cézanne avec les fuyards.

« Si M. de Villars, après cette rencontre heureuse, avait profité du jour qui était encore grand pour marcher sur Saint-Sicaire avec trente bataillons qui étaient déjà descendus du mont Genèvre et dont une partie était à Cézanne, au lieu d'en faire camper dix-huit comme il le fit des deux côtés du col, il est certain que les ennemis n'auraient pas tenu, puisque la nuit même ils abandonnaient Saint-Sicaire, se retirant huit bataillons par Oulx et cinq par Sestrières.

« La consternation était telle parmi eux qu'ils ne l'auraient pas attendu devant Exilles.

« Une deuxième faute fut de s'amuser le lendemain au camp de Saint-Sicaire, au lieu de marcher droit à Oulx et d'envoyer une partie de l'armée par le col de Sestrières à Pragelas, ce qui fit que cette place se rendit dans la nuit du 12 au 13.

« Une troisième faute fut, en partant de Saint-Sicaire, de ne pas faire marcher par le col de Sestrières une partie de ses troupes, au moins cinq ou six bataillons, sur Fenestrelles pour en conserver la communication, *ce qu'il pouvait faire, les ennemis ayant abandonné Sestrières, n'étant pas encore maîtres de la vallée de Saint-Martin et n'ayant pas même le col de la Fenestre.* »

On ne peut, en effet, rien entreprendre sur Fenestrelles, sans être maître des *cols de Malanotte, d'Orsiere, de la Fenestre et d'Albergian*, et l'on remarque que si l'on peut aller du col de Sestrières au *col des Valettes* en suivant les crêtes, on ne peut aborder le *col de Fattière* qu'en tournant la Ciantiplagna, ce qui rend l'attaque des retranchements de Fattière très difficile.

La non-occupation du *col de la Fenestre* allait permettre au duc de Savoie d'y construire une redoute, d'organiser définitivement le *col de Fattière* qui allait couvrir le *col de la Fenestre*.

« Cette faute fut suivie par celle de s'être amusé trois jours au camp d'Oulx et de n'avoir pas songé, en passant par le *col de Costeplane*, de faire occuper le camp du Puy de Pragelas, le *col d'Albergian*, qui était encore libre, et celui *des Valettes* que les ennemis campés à Balbotet n'occupaient pas encore et qu'ils ne prirent que lorsqu'ils virent que j'y faisais marcher les grenadiers que j'avais à l'avant-garde où j'étais détaché, lesquels seraient encore arrivés avant les ennemis à ce col, si M. de Villars, qui avait coupé au plus court, du *col de Costeplane au col de l'Assiette*, ne les avait arrêtés en chemin.

« M. de Villars voulut revenir trois jours après au col d'Albergian, *mais il n'était plus temps*.

« Les ennemis, après avoir pris le *col des Valettes*, firent passer des troupes *aux Laux* et, de là, au *col d'Albergian*.

« M. le maréchal m'y envoya avec 1200 hommes, j'y trouvai un corps plus considérable que l'on ne pouvait songer à attaquer; il y envoya M. de Muret, *par le col de Piz, avec une brigade*. Nous fîmes le lendemain une autre tentative qui resta inutile. »

Le duc de Savoie, pour couvrir le siège de Fenestrelles, avait donc sa droite au col de Valette, sa gauche *au col d'Albergian*.

S'il eût fait garder sa droite par trois compagnies de grenadiers et quatre bataillons, appuyée par des redoutes, son camp s'étendait de Balbottet à la redoute de Laux, sa gauche au *col de Piz*.

Les postes placés aux bergeries d'Albergian, de Balme et du Laux, reliaient les troupes du *col de Piz* à celles de la redoute du Laux.

« La non-occupation de ces positions entraînera la perte de Fenestrelles.

« Ces fautes nous ont rejetés au delà du mont Genèvre et entraîneraient la perte de Briançon et du Dauphiné toutes les fois que l'on ne suivra pas les maximes du général de Berwick, étant très certain que toutes les démarches et mouvements que fera le duc de Savoie, quand nous serons en guerre avec lui, sera de nous déposter de cette place et chercher à en faire le siège, ce qui sera plus aisé à présent qu'avant la prise d'Exilles et de Fenestrelles, qui rompaient ou du moins retardaient beaucoup le passage de son artillerie et de ses munitions de guerre.

« C'est pourquoi il est nécessaire d'assembler son armée, ou, pour mieux dire, la plus grande partie, autour de cette place dès l'ouverture de la campagne d'où, *comme du centre de sa ligne, on s'ébranlera, l'on poussera ses troupes par la droite ou par la gauche, selon le côté où les ennemis se porteront.* »

III.

En 1709, le maréchal de Berwick arrive à Grenoble le 22 août, et prend le commandement de l'armée des Alpes.

Il choisit Briançon comme centre de sa ligne, communique avec le Var par le col Cayolle, avec Barraux par le Galibier et l'Arc.

Les préparatifs du côté de Suze font supposer que l'attaque aura lieu par le mont Cenis.

Dans les premiers jours du mois de juin, le comte de Thaun se porte de Suze à Aussois.

Après avoir rétabli le pont de Modane, que le comte de Médavi avait fait rompre, il s'avance d'Aussois à Saint-André, espérant qu'on reculerait toujours devant lui comme on l'avait fait en 1708 et qu'il pourrait passer par le Galibier.

Le comte de Thaun voyant que le comte de Médavi avait reculé de Saint-Michel à Saint-Jean, que M. de Silly, qui était à Valloire avec 14 bataillons, ne bougeait pas, résolut, en l'absence du duc de Savoie, de tomber à Moutiers par la Vanoise et Bozel.

M. de Thouy avait été laissé avec quelques bataillons et dix-sept escadrons dans la Tarentaise.

« L'intention de M. de Berwick était qu'il se retirât, sans rien hasarder, jusqu'à Conflans, qu'il disputât aux alliés le passage de l'Arly pour lui donner le temps de prendre le poste de Fréterive qu'il voulait occuper.

« Mais M. de Thouy s'étant amusé à disputer le terrain jusqu'à Conflans, se fit enlever quelques piquets et quelques compagnies de grenadiers à Feissons sous Briançon et à la Roche-Cevins.

« M. de Thouy voulut former sa cavalerie en avant de Conflans; mais sa gauche se jeta dans un marais, et sa cavalerie dut battre en retraite devant les 400 cavaliers ennemis qui étaient venus par le Petit-Saint-Bernard.

« Dans sa précipitation, il n'eut pas le temps de jeter du monde au col de Tamié, ce qui était nécessaire pour la sûreté du camp de Fréterive.

« Les alliés s'y avancèrent et jetèrent un pont au débouché de l'Arly et de l'Isère. »

Berwick dut établir son camp à Montmélian à mesure que les alliés s'avançaient en Tarentaise. M. de Berwick avait fait filer dans la Maurienne les troupes de Valloire et une partie de celles qui étaient aux environs de Briançon, ne laissant au camp des Têtes que 12 bataillons sous les ordres de M. de Dillon, lieutenant général, et des détachements occupant l'Arc aux points de Valloire, Saint-Jean, Saint-Etienne, d'Aiguebelle et d'Aiguebelette, sous les ordres de M. de Caracioli, maréchal de camp, de sorte que les alliés ne pouvaient nous y attaquer de front.

« Le maréchal s'était placé à Francin, derrière Montmélian, et avait avec lui 24 bataillons et escadrons.

« La gauche de son camp était gardée par les Bauges où il avait jeté 500 hommes sous les ordres de M. de Maulevrier, colonel d'Anjou et brigadier, de sorte que les alliés ne pouvaient le tourner de ce côté qu'en remontant Ugine et Annecy pour venir tomber à Chambéry. Aussi la première attention de M. le maréchal fut d'envoyer sous cette place M. de Silly avec 5 bataillons et 17 escadrons pour garder ce point et être à portée du Rhône où il craignait que les alliés ne voulussent se porter quoiqu'il ne sût pas encore que ce fût là leur véritable projet.

« En effet, les alliés qui avaient fait venir toute leur cavalerie n'attendaient plus que la réussite de Mercy, qui avait passé le Rhin à Neubourg et devait s'avancer dans la Franche-Comté et, de là, sur le Rhône. Ils s'étaient même déjà emparés du château d'Annecy qui couvrait de ce côté-là leur marche et nous reculait à Lucey où M. de Polastron se trouvait avec seize compagnies de grenadiers, tandis que M. de Prades était au pont de Gresin avec deux régiments pour défendre ce passage, celui de

Seyssel, et pousser l'ennemi à passer au gué d'Aurilly, que l'on peut facilement détruire. Cette cavalerie devait marcher par Gex, Saint-Claude, et aurait pris à Neuchâtel l'artillerie et les munitions nécessaires au siège de Besançon et des autres places où il n'y avait ni approvisionnement ni garnison.

« L'infanterie des alliés devait rester devant nous pour nous contenir et nous empêcher de marcher en Franche-Comté.

« M. le maréchal avait bien eu l'ordre d'y envoyer le marquis de Silly avec le corps qu'il commandait, mais il n'aurait pu empêcher les ennemis d'arriver trois jours avant lui, parce qu'il n'avait pas de pain et qu'il ne devait trouver aucun magasin de l'autre côté du Rhône.

« Aussi doit-on regarder comme un bonheur pour la France la bataille de Rhumersein, où le comte du Bourg battit à plate couture le comte de Mercy et fit par là échouer cette entreprise dont *on trouva le projet dans sa cassette.*

« Ce plan ayant échoué, il ne fut plus question pour les alliés que de subsister en Savoie, et, *contents de manger la Tarentaise,* ils ne repassèrent que le 26 septembre par le val d'Aoste, envoyant par le mont Cenis un corps pour rejoindre M. de Rebender qui était resté à Oulx avec 18 bataillons.

« Ce général s'était avancé pendant la campagne pour attaquer La Vachette et avait été battu par le comte de Dillon qui marcha contre lui avec les troupes du camp retranché des Têtes.

« A mesure que les ennemis rentraient dans la plaine, M. le maréchal fit avancer ses troupes en Tarentaise et en Maurienne, fit passer par le Galibier les plus avancées pour se porter à La Vachette et être à même de s'opposer à ce que les ennemis tenteraient de ce côté.

« Cette campagne fit bien voir que si, l'année précédente, on avait voulu prendre le même parti et *jouer la navette comme on le fit cette année pour le Galibier, les alliés ne nous auraient jamais dépostés de Modane comme ils le firent, ni poussés jusqu'à Barraux.*

« Au lieu de cela, au premier mouvement que firent les alliés par le mont Cenis, nous abandonnâmes le *col de la Roue* et les vallées pour nous porter à Barraux. Les alliés, *qui ne demandaient pas autre chose,* poussèrent devant eux M. de Médavi jusqu'à Aiguebelle et, libres sur leurs derrières, forcèrent le 2e bataillon de Gatinais au *col de la Roue.*

« Enfin ce faux mouvement de notre part entraîna la prise d'Exilles et de Fenestrelles et aurait occasionné même celle de Briançon si les ennemis avaient connu le Galibier comme ils devaient le connaître. »

<h2 style="text-align:center">IV.</h2>

En 1710, le duc de Savoie réunit avec le plus grand secret ses troupes et ses approvisionnements.

« Jamais, dit le maréchal de Berwick, on ne vit *autant d'incertitude, autant de contradictions dans les rapports faits sur les projets de l'ennemi.* »

Le maréchal occupe sa ligne de 1708.

Avant l'entrée des alliés dans la vallée de Barcelonnette, Berwick fait filer neuf bataillons à Tournoux pour couvrir Colmars et Entrevaux, ne sachant si « les alliés se porteraient sur le Var ou s'ils prendraient à dos nos retranchements du Var par Entrevaux.

« C'est ce qui fit tenir en panne ce bataillon de Colmars.

« Dès que les ennemis se furent déclarés, le maréchal le fit revenir, fit avancer M. d'Artagnan avec une partie de ceux qu'il avait sur le Var, tenant encore quelque temps la brigade de La Marine sur les hauteurs de Colmars, ne sachant à quoi aboutirait un détachement ennemi qui s'avança sur les *hauteurs de Cuguret par le col de Pelouse menaçant de couper Tournoux de la Seyne, de Colmars et de Gap, ou même d'Embrun par les Orres ou le Parpaillon, tandis que l'on nous attaquerait de front par le col de Vars.* Mais ce détachement se retira dès qu'il apprit que la brigade de la marine s'était postée à Fours.

« Le projet des alliés, en s'avançant dans la vallée de Barcelonnette, était de s'emparer du camp de Tournoux, de nous couper la communication avec la Provence et d'envoyer un corps de 10,000 hommes donner sur les hauteurs de Gap pour donner la main aux nouveaux convertis de Die et de Crest qui devaient prendre les armes et se joindre à eux *par le col de Cabre.*

« Mais cette conspiration étant découverte et M. le maréchal ayant soutenu son camp de Tournoux que les travaux de M. de Chamarande rendirent inattaquable, M. de Thaun repassa dans la plaine. Il fit prendre les devants à un corps de troupes qui passa par le col du Louget, la valle de Château-Dauphin, le Queyras et de là tomba à Saint-Sicaire ou s'était porté M. de Rebender.

« Le maréchal de Berwick suivit ce mouvement, se posta sous Briançon protégé par son camp de Villars et de Roux et des Têtes. Il avança en même temps ses troupes à La Vachette et mit un autre corps au Monestier prêt à passer le *Galibier*, les cols de *Plagnette* ou de *Ponsonnière* pour se porter au camp de Valloire ou défendre les cols qui, de la vallée de Nevache, tombent dans celle du Monestier.

« Il fit occuper les villages de Planpinet et de La Draye pour garder le col de Granon et voir ce qui pouvait venir des *cols de Thures, de l'Échelle, des Acles de la Lause* que l'on avait devant soi et fit aussi placer un poste au Verney pour protéger le *col de Buffer*.

« Les alliés n'ayant songé qu'à se baraquer à Saint-Sicaire pour contenir le maréchal et l'empêcher de faire aucun détachement pour l'Espagne, où l'armée du Roi avait été battue par celle de l'archiduc, ou par la Catalogne où M. de Noailles avait encore à faire le siège de Girone comme il le fit après cette campagne, on ne pensa qu'à attendre que les neiges obligeassent les alliés à abandonner le camp de Saint-Sicaire; M. de Silly eut l'ordre de passer le Galibier et d'aller à Bourg-Saint-Maurice avec 6 bataillons sur 8 qui étaient au Monestier.

« L'intention du maréchal était, en passant le col des Encombres, de prendre les bataillons de Forez qui avaient gardé la Tarentaise à Saint-Martin-de-la-Porte et d'aller faire une course dans le val d'Aoste.

« Mais les cols *furent fermés par la neige* qui survint pendant que les troupes étaient à Saint-Martin de Belleville.

« M. de Silly ayant reçu des ordres pour faire partie des troupes destinées pour la Catalogne, la séparation s'en fit sans rien entreprendre de plus.

« *Telle a été la suite et le cours de cette campagne qui fait voir que le principal objectif des ennemis est toujours Briançon.*

« La principale attention du général qui commandera dans une guerre avec le duc de Savoie, doit toujours être d'assembler son armée sous Briançon, non pas en un seul corps réuni dans la place, mais d'en faire le centre de sa ligne et d'y avoir un corps de troupes prêt à se porter par sa droite ou par sa gauche, selon les mouvements des ennemis et les endroits où ils paraîtront avoir envie de pencher, tout en tenant des corps dans les postes principaux de sa ligne pour être en état d'y attendre et d'y recevoir ceux qu'on y fera filer et avoir ses troupes disposées de manière qu'elles se chassent et se poussent l'une sur l'autre, soit qu'elles aient à se mouvoir par la droite ou par la gauche.

« C'est là la maxime qu'a toujours observée M. de Berwick et la seule à suivre, que l'expérience nous a fait voir si essentielle, que nous pouvons dire que, pour ne l'avoir pas pratiquée pendant les campagnes de 1707 et 1708, nous avons, dans la première campagne, failli perdre Toulon et perdu Suze, et que la seconde nous a coûté Exilles et Fenestrelles. »

V.

En 1711, le maréchal de Berwick se proposa de prendre l'offensive.

Pendant que les alliés repassaient le Petit-Saint-Bernard, MM. d'Asfeld et Dillon devaient se porter le 16 septembre de Briançon sur Exilles par le *col de l'Assietta* avec 14 bataillons, M. de Broglie devait passer par le petit mont Cenis avec 12 bataillons, gagner le col de la Touille et attaquer par les hauteurs pendant que M. d'Asfeld attaquerait par les Ramals. M. de Broglie arriva à la Touille le 15, fit son mouvement sans attendre M. d'Asfeld. Celui-ci n'arriva que le 16 au *col de l'Assietta* et, ne voyant pas le comte de Broglie qui avait été forcé de battre en retraite, se retira au col de *Costeplane*, appuyant sa gauche à Oulx.

Le maréchal arriva le 25 septembre et campa sur le *col de Bourget*, la droite aux Traverses, la gauche à Oulx, le quartier général à Sauze-d'Oulx.

Le 26 septembre l'armée ennemie, qui avait passé le Petit-Saint-Bernard, envoya des renforts à Exilles.

Toute tentative sur Exilles ou Fenestrelles devenait impossible.

Le traité d'Utrecht devait, le 11 avril 1713, donner à Victor-Amédée ces deux places.

« Ce prince connut toute l'importance de la cession qu'on lui faisait.

« Il considérait tous les avantages et toutes les ressources d'un pays qui, par sa situation, bouchait entièrement l'entrée du sien et, si ses vues allaient jusqu'à l'offensive, les forts et les vallées cédées lui fournissaient le moyen de devenir l'agresseur ; dès lors il médita les grands travaux de Fenestrelles, dont il voulait faire sa principale place du côté de la France ¹. »

---

¹ *Mémoires de Catinat.*

Paris. — Imprimerie R. Chapelot et Cᵉ, 2, rue Christine.

PARIS. — IMPRIMERIE R. CHAPELOT ET C⁹, 2, RUE CHRISTINE.